جُمَّان و السلطان ليلة من ألف ليلة

الليلة الخامسة **وردة الحب**

الليلة السادسة **روح العاج**

الليلة السابعة **عين الحب**

د. جُمّان الريحاني

إهداء..

إهداء إلى عالم الحب وأبطاله وكل الشخصيات التي تنتمي إليه

إهداء إلى كل من يمتلك قلبا يعرف كيف ينتمي إلى عالم الحب

إهداء إلى الحب

جمان الريحاني

وردة الحب

كان يا مكان كان في بلاد الغرب البعيد رجل اسمه كارل، لم يعرف كارل الذي عاش كطفل يتيم الحب ولا الحنان، عاش مع والده القاسي والذي كان يضربه حين لا يقوم بالأعمال الشاقة على طفل صغير، كالاهتمام بالبيت وشراء الحاجيات من الخارج وما إلى ذلك.

لم يكن ذلك الوالد الذي لا تليق به كلمة والد يعرف الفرق بين البرد والحر، فكان يأمر ذلك الطفل الصغير بجلب الحطب، وإشعال النار وحلب البقرة.

لأنهما كانا يعيشان في مزرعة صغيرة، ويمتلكان بقرة واحدة.

وبعد أن صار كارل شابا يافعا، توفي والده الذي لازم الفراش لعدة سنوات، وانتهت معه مسؤوليات كثيرة،

قرر كارل أن يبيع المزرعة بما فيها، وأن يخرج من تلك القرية إلى أي مدينة يبدأ فيها حياة جديدة.

قام كارل بما فكّر به واشترى حصانا، وانطلق في اتجاه المجهول.

يتوقف ليتناول الطعام أو يطعم حصانه، ويواصل من جديد.

لم يكن يعرف وجهته، ولكنه كان يعرف بأن لا يجب أن يتوقف الآن، قطع مسافات طويلة، وامتدت رحلته لأيام كثيرة.

فكان يتابع سيره إلى المجهول، يتابع رحلته دون وجهة
معينة.

وفي أحد الأيام وهو في طريقه، صادف امرأة جميلة تتشاجر مع رجلين، لقد أرادا أن يأخذا منها بعض الأغنام، لأن زوجها المتوفى كان يدين لهما بمال، ولم يرجعه لهما.

أما عن السيدة، فقد كانت تعيش من مردود مزرعتها الضعيف، وتقوم بتربية الأغنام.

توقف كارل وحاول مساعدة تلك السيدة بالتفاهم مع الرجلان، ولكنهما كانا برأسين غليظين ولا يريدان أن يفهما شيئا، بل يريدان مالهما فقط.

أخرج كارل من جيبه كسيا وأخذ منه بعض النقود، وأعطاها للرجلين اللذان لم يريدان أن يفهما لما هو يقوم بمساعدة المرأة، بل فرحا بالمال، أخذاه، وانصرفا.

شعرت السيدة بالخجل من تصرف كارل الذي اعتبرته في البداية فضوليا، ويتدخل في أمور لا تعنيه.

قامت تلك السيدة بتقديم نفسها لكارل بطريقة محترمة وقالت:

اسمح لي بأن أعرفك بنفسي، أنا روزا، وأنا أعيش في مكان قريب من هنا، أمتلك مزرعة تركها لي زوجي المتوفى.

كارل:

تشرفت بمعرفتك يا روزا.

روزا:

وأنا أريد أن أشكرك على حسن سلوكك وتصرفك النبيل معي اليوم.

كارل:

لا داعي للشكر، من دواعي سروري أن أساعدك.

روزا:

ولكن.. أنا ليس لدي ما أقدمه لك بالمقابل، وأنت دفعت مبلغا كبيرا للرجلين، لم يكن عليك فعل ذلك.

كارل:

لا عليك، وأنا أسف لتدخلي هكذا فقط لم تعجبني طريقة معاملتهما لك، وكلامهما بتلك الطرقة الفظة.

روزا:

أنت غريب، ولیت من هنا، أظن انك مسافر إلى مكان ما، سوف يحل الظلام بعد فقليل، هل لديك مكان لتقضي هذه الليلة فيه؟

كارل:

في الحقيقة ليس لدي مكان معين.

روزا:

هذا ما ظننته، لا يوجد مكان للمبيت على بعد أميال، اسمع لدي فكرة لك، يمكنك مرافقتي وسوف أقدم لك وجبة ساخنة.

ومكان لتبيت الليلة فيه، ولكنه لن يكون على المستوى المطلوب، يمكنك أن تنام في الإسطبل، وسوف أوفر لك مكانا رائعا بالنسبة لحصانك أظنه سوف يعجبه بالمكان.

كارل:

لا تزعجي نفسك، لو سمحت..

روزا:

لا إزعاج على الإطلاق، كما أنه يسعدني أن أستضيفك فلم أحظى برفقة منذ مدة طويلة، ودعني أعوض عليك كل ذلك المال الذي دفعته بعشاء لذيذ.

كارل:

شكرا لك.. أنا موافق، وبالنسبة للمال لا تدعي الأمر يشغلك كثيرا.

رافق كارل روزا إلى بيتها الذي لم يكن بعيدا جدا،
ولكنهما وصلا بعد غياب الشمس، فهي تخرج بعنزاتها
لكي ترعاها أحيانا.

وعند عودتهم استقبلتهم كلبتها كيكي التي يبدو أن
نباحها الكثير كان دليل ترحيبها بسيدتها وضيفها أيضا.

أدخلت روزا برفقة كارل الحيوانات إلى الإسطبل، ثم
توجها إلى ذلك البيت الجميل والصغير والدافئ،
وأدخلت كلبتها كيكي معها.

طلبت من كارل الجلوس أمام المدفأة بعد أن أشعلت النار، ثم أخبرته بأنه إن كان في حاجة أخذ حمام، فهي لا تمانع أن يستخدم حمامها.

كان كارل يريد حماما بالتأكيد، فوجهته إلى الحمام وأعطته بعض المناشف، كما أعطته ملابس نظيفة كانت لزوجها المتوفى.

بعد أن أخذ كارل حمامه، وخرج من الحمام، أخذته رائحة الطعام الزكية فتوجه إلى المطبخ.

وبعد أن وضع المنشفة التي كان يقوم بتجفيف شعره بها على كرسي طاولة الطعام.

باغت روزا التي لم تنتبه له فأفزعها، بل وكادت تعتقد أنه زوجها فريدريك المتوفى، فاحمرت عيناها، وكبتت دموعها، ومنعتها من السقوط.

لقد كان موقفا مليئا بالمشاعر ومشحونا بعواطف
غريبة لم تستطع روزا أن تفهم ذلك الموقف ولا أن
تتأقلم معه بالسرعة اللازمة

ثم أخبرته بعد أن جلس على الكرسي، فالمطبخ كان مفتوحا على غرفة الجلوس التي بها المدفأة، وقالت له:

لقد ذكرتني بزوجي الذي تركني بمفردي في هذا العالم القاسي، لقد مرّت على وفاته حوالي الأربع سنوات.

كارل:

وأين أولادك؟ ألم يترك لك أطفالا؟ .... آسف لتدخلي في شؤونك.

روزا:

لا تعتذر إنه سؤال عادي، على العموم نحن لم نتمكن من الإنجاب.

كارل:

وكم دام زواجكما؟ هل دام طويلا؟

روزا:

لقد دام حوالي اثنا عشر سنة، وقد توفي وتركني لوحدي رغم أنه وعدني بأنه لن يتخلى عني إلى الأبد، ترك لي هذه المزرعة التي أعيش فيها وحيدة.

كارل:

أنا أيضا.. توفي والدي وترك لي بيتا صغيرا ومزرعة أيضا، فقمت ببيعهم، وها أنا أسافر ولا أعرف إلى أين، أردت فقط الهرب من كل الذكريات التي عشتها في ذلك المكان.

روزا:

متى توفي والدك؟

كارل:

منذ حوالي سبعة أشهر تقريبا.

روزا:

الوحدة صعبة، كلانا وحيد ... نحن متشابهان إذن.

كارل:

أظن ذلك.

روزا:

إذا لم تكن لك وجهة معينة، يمكنك البقاء هنا، والعيش إذا أعجبك المكان والعمل عندي، ومساعدتي في أعمال المزرعة مقابل المأوى والطعام.

كارل:

قد أفعل ذلك.. لأنني لا خطط لدي.

روزا:

يمكنك أن تجرّب، وإذا أعجبك الأمر تبق هنا.

تناول الاثنان الطعام اللذيذ.

نعم.. لقد كانت الوجبة لذيذة فعلا، كما وصفتها روزا عندما طلبت من كارل مرافقتها إلى بيتها.

بعد ذلك حملت روزا الأغطية والفراش، ووضعتهم مع كارل في جزء نظيف نوعا ما في الإسطبل، ثم أخبرته بأنه إذا قرر البقاء، سوف تقوم بتصليح مكان خلف بيتها كان مستودعا لزوجها.

وتقوم بتنظيفه لكي يصبح مكانا لائقا للعيش فيه.

قضى كارل ليلة جيّدة لأنه تعود خلال رحلته التي استغرقت أياما طويلة، النوم في أي مكان يجده.

أما هذه الليلة فقد كان فيها طعام جيّد، ومكان للنوم مريح جدا.

وفي الصباح الباكر في اعتقاده، سمع كارل صوت فوضى فاستيقظ ليجد بأنها روزا.

تقوم بإخراج كل ما كان في ذلك المستودع، لقد كانت متحمسة جدا لأنها حظيت برفيق لها يؤنس وحدتها.

ألقى كارل عليها التحية، وسألها ما الذي تفعلينه في هذا الصباح الباكر؟

فسألته مستغربة :

الصباح الباكر، ألا ترى الشمس تتوسط السماء.

إنها الساعة الحادية عشر.

نظر كارل إلى السماء، فلم يجد الشمس واضحة، لأنه كانت هناك بعض الغيوم العابرة التي كانت تحجبها نوعا ما.

التفتت إليه روزا ثم أخبرته بأن يدخل البيت، ويستعمل الحمام وأن يتناول طعام الإفطار الذي حضرته من أجله، لقد وضعته على الطاولة.

دخل كارل إلى ذلك البيت الدافئ فوجد وجبة طعام رائعة على الطاولة، وباقة من الورود، لقد أعجب كارل بطريقة معاملة روزا له.

أحسّ بشيء من الحنان وكثير من اللطف، سارع بتناول الطعام ثم اتجه إلى المستودع ليساعدها، فوجدها قد قامت بإخراج الكثير من الأغراض الثقيلة، ولم تكن تطلب المساعدة، إنها حقا سيدة قوية، وتعتمد على نفسها، وتمتلك قلبا كبيرا وحنونا، ولكنها تعيش وحيدة.

قامت السيدة روزا باستصلاح ذلك المكان،
وأعطت كارل إناء به دهان لكي يقوم بدهن المكان
ليصبح جديدا ونظيفا، وأحضرت الأثاث الذي كان
زائدا على حاجتها، ولكي يستعمله كارل كسرير،
وفراش وغطاء وطاولة صغيرة، ومزهرية وباقة ورد.

لقد كانت تدخل السيدة روزا إلى بيتها، وكل مرة تأتي بغرض جديد فأحضرت له خزانة ذات أدراج، وهي بعض الأدراج فوق بعضها، لكي يضع فيها ثيابه.

كما أنها كانت تتصرف، وكأنه وافق على العمل عندها والبقاء إلى الأبد، رغم أنها كانت صاحبة الفكرة بأن يجرب لفترة، ويرى ما إذا كان يليق به الوضع.

أما بالنسبة لكارل، فقد كان معجبا بتصرفات السيدة روزا، التي لم يقابل شخصا مثلها من قبل، شخص بقلب كبير، ويعامله بكل هذا العطف والحنان.

أخذ كارل بعض التعليمات من روزا، حول العمل ونصحها بأن تشتري بقرتين، ولأنها لا تمتلك مالا أخبرها بأنه قرر البقاء معها إلى الأبد، وأخبرها بأنها لو تسمح له.. بأن يشتري البقرتين من ماله.

كما أنه لديه بعض الأمور التي يستطيع بها بأن يستصلح الأرض، ويجعل المزرعة تدبّ فيها الحياة وتصبح ذات منفعة، وتنتج ما يغطي احتياجاتها وأكثر.

بما أنه لدي خبرة في عمله في مزرعة والده ويستطيع أن ينقذ مزرعتها من الديون وأن يجعلها تنتج وتعود عليهم بالأرباح.

لقد كان من خلال كلامه ينوي البقاء فعلا، وهذا ما جعل السيدة روزا ولكي تضمن بقاؤه، توافق على كل اقتراحاته، وسارعت لتحقيق كل رغباته.

لم تمر إلا شهور قليلة، حتى أصبحت المزرعة بحالة جيدة، يبدو أن السيدة روزا لم تكن تستطيع أن تتحمل

مسؤولية الأرض والحيوانات لوحدها، وهي أعمال تتطلب قوة رجل.

خلال تلك الأشهر كانت السيدة روزا لا تفوت وقت الطعام، فتطبخ أشهى الأطباق.

وكانت تدعو كارل لتناول الطعام معها داخل البيت، كما أنه كان يستعمل الحمام دائما، وأعطته بعض الثياب التي كانت لزوجها الراحل، واشترى القليل من الحاجيات الضرورية.

لقد كانا يتسامران ويتشاركان الذكريات والحكايات، ويتمتعان برفقة بعضهما.

في ليلة من الليالي، استيقظ كارل على كابوس كاد يخنقه، وأعاد له البؤس وإحساس الضعف والوحدة والمعاناة، لقد رأى والده في حلم سيء.

وكانت حياته مع والده واقع سيء، كان كارل قد تخلص وأخيرا من تلك الكوابيس التي تطارده في حياة والده، وبعد وفاته، ولكن ها قد عادت الأحلام المزعجة مرة أخرى.

رأى في ذلك الحلم، بأن والده قد عاد، وأراد أن يأخذ منه السيدة روزا، لقد أخبره بأنه سوف يعاقبه لأنه ولد سيء، وسوف يأخذ السيدة روزا.

قام كارل من نومه مفزوعا، وقلبه يضرب بقوة وشدة، وكان العرق يتصبب من جبينه، أخذ الكأس لكي يشرب بعض الماء.

فكان الكأس الذي بقرب السرير لا ماء فيه، فقام لكي يملأ الكأس من حنفية الحوض الصغير الذي في غرفته، والتي كان إلى جانبها نافذة تطل على جزء بسيط من البيت، الذي تسكنه روزا.

لقد لاحظ ضوءً، ولم ينتبه، وحين عاد خطوة إلى
الوراء ليتأكد مما يظهر في النافذة، لاحظ بأن الضوء
المنبعث وكأنه نار مشتعلة.

خرج مسرعا من غرفته، ليجد بأن البيت تشبّ فيه
النار، وروزا بالداخل أخذ دلوا وأفرغه على نفسه لكي
يأمن من أن تحرقه النار، ثم كسر الباب ودخل لكي
ينقض السيدة روزا، وكان خائفا جدا من يحدث لها
شيء.

أخرجها وقد كانت تتنفس، وقام بتغطيتها ببطانية مبللة،
وقد أفاقت.. ثم سارع لإطفاء النار، وبعد بعض الوقت.

أخذها بعد أن أطفأ كل النار على صهوة حصانه،
وتوجه إلى أقرب طبيب من بيتهم، فحصها الطبيب
ونصحها بالبقاء في السرير لمدة من الوقت، وأعطاها
بعض الأدوية.

في اليوم التالي أخذها، وعاد بها إلى البيت ووضعها في سريره لأن غرفته لم تلتهمها ألسنة اللهب.
وأحضر عاملا لكي يساعده في بناء البيت من جديد، كان في الأدوية بعض المنومات، لذا كانت السيدة روزا تقضي معظم وقتها نائمة.

كان كارل يطبخ بعض الحساء ويحاول أن يرغمها على شربه، ولم يكن يملك مكانا للنوم ومن شدة خوفه

عليها، كان ينام على كرسي بقرب السيدة روزا، لأنه لم يكن يستطيع أن يتركها لوحدها.

وبعد بعض الأيام استعادت السيدة روزا عافيتها،
وقامت من السرير لكي تتفاجأ بالبيت الجديد الذي
جهّزه لها كارل، واعتذر على احتراق كل ذكرياتها مع
زوجها السابق، لأنه لم يستطع أن ينقذ الكثير، لكنه قام
بتجديد البيت وبناءه تقريبا من جديد.

وزينه بالستائر ووضع فيه سريرا جميلا، وأثاثا
كان في الحقيقة مستعملا، ولكنه بحالة جيدة، لأنه لم
يكن يمتلك الكثير من المال، للمساهمة به في تجديد
البيت بالكامل.

زيّن كارل البيت بأكمله بالورود والأزهار، لاستقبال قاطنته الجديدة وصاحبة البيت الجديد.

شعرت روزا بالفرح وملأت قلبها البهجة والسرور، غمرت عيونها الدموع، ولم تكن تستطيع أن توازن مشيتها بعد.

لم يكن الأمر هكذا فقط، لقد شعر كارل بأن روزا كانت سوف تخطف من بين يديه، وعرف قيمتها عنده، لقد أحسّ بالفراغ فلو اختفت من حياته، لكانت الحياة لا تستحق العيش.

عرف كارل قيمة روزا لديه، والتي ملأت حياته وقلبه فعبّر لها عن حبه لها، وتقدم ليطلب يدها، وأخبرها بأنه سوف يصبح أسعد شخص إن وافقت على الحياة معه، وسوف يحاول إسعادها كل حياتها، وسوف يعتني بها ويحميها، ويسهر على سعادتها.

وافقت روزا على طلب كارل، رغم الحب الذي كانت تكنه يوما لزوجها السابق، ولكن يبدو أنها قلبت صفحة حياتها الماضية في ذلك الحريق، وولدت من جديد، وافقت على الحب وعلى الزواج، وعبرت له

عن معنى وجوده معها، وقد بث الحياة في مزرعتها وفي قلبها.

عبرت له عن حبها له رغم كل الاختلافات، فقد كانت تكبره ببعض سنوات، وكانت متزوجة قبله، أما هو فلا، لقد كان شابا صغير السن قويا، وصبورا ومجتهد في العمل.

عاش الزوجان في سعادة كبيرة، لم يشعر بها أي منهما من قبل، وامتدت حياتهما لعشرين عاما من الحب والسعادة، وبعد ذلك وفي يوم من الأيام وقد أصبح كارل كبيرا في السن مريضا بعض الشيء، ولم يعد يستطيع أن يقوم بكثير من المهام في المزرعة.

أما روزا فقد كانت تكبره بعدة سنوات، ولكنها أصبحت هزيلة وتعاني من سعال لا يفارقها، وفي يوم

وبعد ليلة لم تكد تنام فيها روزا من شدة السعال،
استيقظ كارل

صباحا فوجد بأن روزا لا تقوم من النوم، فجع للأمر
يبدو أنها توفيت.

أصبح كارل يتصرف بهستيريا، ويقول أنا لا يمكنني
العيش بدونها كما أنني لم أعبر لها عن الحب كما
يجب.

أعلن وفاتها ودفنها في مزرعتها، وأصبح يبكي عليها ليلا نهارا، ثم وفي يوم كان نائما، فرأى حلما لقد رأى شيخا يطرق بابه ففتح له الباب، وفجأة سمع الباب يطرق حقا، وعندما فتح الباب فوجد الشيخ من الحلم، يطرق ذلك الباب.

طلب الشيخ من كارل استضافته لأنه عابر سبيل، ثم قام بتعزيته في زوجته، استغرب كارل كيف للشيخ

أن يعرف بأن زوجته ماتت، لكن الشيخ أخبره بأن رأى

القبر والذي لم تجف تربته، فعلم أن أحدا مدفون هناك، وحين قرأ ما كتب على الشاهد عرف بأن زوجة صاحب البيت..

كما أخبره الشيخ بأن يبيع زهور الحياة، وهو بائع متجول، وبعد حسن الاستفاضة، وعندما قرر الشيخ المغادرة قدم الشكر لكارل، وأخبره بأنه يمتلك قلبا نقيا وأنه يستحق فرصة ثانية، ويستحق حياة ثانية مع زوجته.

أعطاه زهرة من أزهار الحياة، وقال له بأنها تليق بقبر زوجته فليغرسها فوقه.

بعد أن غادر الشيخ، أخذ كارل الزهرة، وذهب إلى قبر زوجته، التي كان يبكيها كل يوم، وزرع الزهرة فوق قبرها، وكان يكلم زوجته كل يوم ويعبر لها عن حبه الشديد لها، وكيف لها أن تركته وحيدا.

بعد عدة أيام، أصبحت الزهرة أكبر، وفي يوم أخذ كارل غفوة فوق قبر زوجته، بعد أن جدد لها عهد الحب الذي لا ينتهي بالموت، ولا ينشأ فقط بالحياة.

فرأى وكأن زوجته تخرج من القبر، وهي شابة صغيرة في العمر وتلبس ثوبا أحمر يشبه تلك الزهرة الحمراء، التي فوق قبرها، وأخبرته بأنها عادت من أجله.

فتح عينيه وهو فرحان وفي نفس الوقت مفزوع، فعلم أنه كان مجرّد حلم وما هي إلا لحظات معدودة حتى قال له:

(صوت من رواءه)

لقد عدت من أجلك يا كارل.

وحين التفت وجد زوجته الراحلة، وراءه تلبس ثويا أحمر اللون يشبه الزهرة، التي كانت فوق القبر،

والتي لم تعد موجودة، وكانت زوجته أصغر سنا مما
كانت عليه عندما توفيت.

لم يصدق عينيه، وأخذها بين ذراعيه، وراح يقبلها
ويعتذر إليها ويخبرها كم يحبها، أما هي فقد أخبرته
بأنها لم تتحمل جلوسه الدائم إلى قبرها، وكل تلك
المشاعر التي كان كل يوم يخبرها بها، وكانت زهرة
الحياة طريقا لكي تخرج من القبر ثانية.

لم يكن كارل يريد أن يكذّب أو يصدّق ما يحصل،
كان يريد فقط أن يرتمي في حضنها وأن يعيش معها،
وأن يحبها فقط.

ومرت اثنا عشر سنة، وهما يعيشان معا، وفجأة وفي يوم من الأيام غادر كارل هذه الحياة، تاركا وراءه تلك السيدة الجميلة روزا، تعيش لوحدها في تلك المزرعة.

روح العلاج

يحكى أنه بعيدا هناك في بلاد الهند الساحرة كان هناك قصر من العاج، تسكنه فتاة تلقب بأميرة العاج اسمها روح العاج.

تخدم هذه الأميرة ألف جارية في قصرها.

لم يكن يعرف أحد كيف تبدو هذه الأميرة المعروفة بجمالها وحسنها غير المسبوقين، ولكن كان هناك كثيرون قد رأوا وجهها الذي تضع عليه ستارا، رغم أنها لا تغادر القصر أبدا، ولكن من يراها ينسى تفاصيل وجهها، فلم يصفها أحد من قبل قط.

لقد كانت روح العاج تكشف وجهها لكل زائر يطلب رؤيتها، ويحمل لها العاج، ويجب أن يكون هذا الشخص مريضا مهموما وحزينا، لأنها حين تكشف وجهها تمده بالراحة والسكينة، فيخرج من عندها مطمئن البال، لا يعرف طريق الحيرة أبدا،

وثمن مقابلتها كان العاج الذي يقدمونه عند البوابة، فيسمح لهم بالدخول، ويجب أن يقدمه القادم بيديه للأميرة في قاعة العاج الوضاء.

كان في تلك البلاد أيضا شاب متدين رافي لم يفهم سر هذه الأميرة، التي لا يملك مالا لزيارة قصرها، ولكنه لم يكن يستطيع فهم كيفية علاجها للحيرة، وهو لطالما كان يتضرع لبعض الآلهة، من أجل بعض الناس لكي يرزقوا بالسكينة والهدوء، والراحة النفسية.

ولكن الصلاة كانت تستجاب أحيانا، وترفض أحيانا أخرى.

أما أميرة العاج.. فقد كانت وبناب واحدة تخلص الطاهر والمذنب من كل الهموم والأحزان ولا يهمها جوهر الشخص.

أما الآلهة فتستجيب للطاهر، وقد تستجيب للمذنب أحيانا، وخاصة إن كان صادق النية في الدعاء.

أراد ذلك الشاب زيارة تلك الأميرة، ولكنه لا يملك سببا مقنعا، لأنه حين تدرب على الصلاة والدعاء ولكي يصبح كاهنا، تمّ تجريده من كل الهم والحزن خلال فترات التدريب، وهو محصن ضدها.

لذا فإنه لا يمكن أن يصيبه الهم والحرن، مهما يحصل معه كما أنه يشعر بالحرية، لأن الرب دائما بجانبه.

كان الشاب مؤمنا، ويرضى بالقدر، وبكل ما يكتبه له الرب في طريقه، لأنه يعرف بأن كل ما يكون في طريقه هو لخيره، حتى وإن كان في هيأة مشاكل فالرب حريص على سعادة البشر، وأحيانا فقط يقوم

باختبار صبرهم وإيمانهم، وسوف يجازون فيما بعد برفقة الرب، ولن تصبح تلك الأمور الدنيوية إلا ذكريات بسيطة.

لم يجد ذلك الشاب حيلة، لكي يكتشف سرّ تلك الأميرة.

وفي يوم نام تحت السماء المرصعة بالنجوم، فرأى
النجوم تتشكل لكي تصبح ناب فيل عاجي، فعرف بأن
الرب أهداه نابا لكي يكتشف السر.

وحين نام وأخذه النوم وجد نفسه في مملكة الرب،
ووجد بين يديه نابا، وفوقه زهرة لوتس، فوضع
الزهرة على الأرض، فأصبحت كبيرة الحجم،
وخرجت منها فتاة جميلة، ولكن لها سبعة رؤوس،

ولها أربعة عشر ذراعا تتحرك إلى الأعلى وإلى الأسفل.

ثم أشار عليها بالناب فخرج منه نور غطى الفتاة، لكي تصبح برأس واحد وذراعين اثنين.

ولكن كان وجهها عبارة عن زهرة لوتس.

فلم ير ملامحها.

ثم فجأة تحول الناب في يده إلى أفعى.

فتركها من يده فذهبت تزحف، فتبعها حتى وجدت شجرة فدخلت فيها.

نظر من الجانب الآخر، فوجد بيضتين كانتا للأفعى

فقست البيضتان، فكان بداخلهما ناب ومطرقة في إحداهما، والثانية كان فيها فتاة مكبلة بالأغلال.

لقد كان الأمر غريبا جدا.

ثم صحا من نومه، فوجد أفعى بقربه حقا.

لم يكن يعرف إن كان الأمر حلما أم حقيقة، ولكن لقد كان جزء منه حقيقة لأنه لا زال يرى أمامه تلك الأفعى.

تبع رافي الأفعى.. التي كانت تزحف..، لأنه لم يكن يخاف الأفاعي، حتى وصلت إلى الشجرة، وحين دخلتها أراد أن ينظر إلى الجانب الآخر فلم يجد شيئا.

بلى.. لقد وجد شيئا ما، لقد كان هناك شقّ في الشجرة ويظهر من لحاء أبيض لماع، بحث حوله، ونظر حتى وجد في قارب كان بقربه، لأنه بقرب النهر المقدس.

وجد مطرقة أخذها وعاد إلى الشجرة، فأراد أن يأخذ
منها شيئا من ذلك اللحاء الأبيض، وأول ضربة
بالمطرقة حتى نزل دم من الشجرة.

فراح يجردها بيديه من اللحاء الخارجي، وواصل
الضرب بالمطرقة حتى تحصل على قطعة كبيرة من
اللحاء بيضاء اللون لماعة.

وعندما وضعها على الأرض وهو لا يفهم لونها ولا ما
هي، وعندما نظر إلى الشجرة التي كانت أمامه والتي
قطع منها اللحاء.

لم يجد شجرة في ذلك المكان، ولكن المطرقة كانت لا
تزال بجانبه وعليها اثر دماء.

أخذ يجر قطعة اللحاء تلك، والتي وضع عليها إزارا
وجعل لها مثل عربة يجرها على ظهره بحبال حتى
وصل بيته، وقد كان يعيش لوحده.

كان الوقت نهارا، جلس يتأمل قطعة اللحاء العجيبة تلك، بعد أن استأذن من المعبد وأخذ إجازة غير محددة.

تأملها وتأملها وكان يفكر بزيارة الآلهة له ليلة البارحة، وعن تلك الرسالة التي تريد إيصالها له.

ثم تذكر منظر الناس، وهم يجرون العاج إلى قصر العاج من أجل مقابلة الأميرة.

فجاءته الفكرة في تلك اللحظة، لقد قام بنحت قطعة اللحاء الإلهية تلك على شكل ناب فيل، لأنه لو قضى عمره كله في العمل الشاق لما تحصل على جزء صغير من ناب الفيل.

فهو غالي الثمن، ولا يمكنه الحصول عليه بسهولة.

وكل من ذهب للأميرة في قصر العاج، كان من طبقة عالية من القوم.

فإما كان من التجار أو من الصيادين، أومن الأغنياء فهم فقط من يستطيعون شراء والحصول على ناب بأكمه من العاج.

وتقديمه هدية للأميرة.

وبما أن الشاب رافي قد كان ذكيا، ويجيد نحت التماثيل الصغيرة للآلهة، فقد كان يجيد النحت بمهارة.

ويعرف كيف يلونها لتصبح لماعة، ولكن قطعة اللحاء كانت لماعة منذ البداية.

ولكن النحت سوف يترك على بعض أسطحها شوائبا، وربما عيوبا يجب تغطيتها.

نحت ذلك اللحاء على شكل ناب، لأنه عندما تذكر منظر الناس وهم يجرونه حول المدينة، حين يكونون

في طريقهم إلى القصر، جاءته تلك الفكرة وخاصة أنه رأى

كانت في السماء النجوم تتجمع على شكل ناب، كما أنه كان لحلمه رسالة ما من الآلهة.

وبعد أيام من الاعتكاف، على ذلك التمثال أو المنحوتة، أكمل تحفته التي يكاد يقسم الرائي، بأنها ناب فيل من حيث الطول والعرض والحجم المطابق، واللون الذي يزيد بعض الصفاء، واللمعان عن العاج الحقيقي.

الآن جاء وقت التفكير، فيما سيفعله به ذلك الشاب العابد الكاهن، الذي لطالما كان مأخوذا بقوة الآلهة على الشفاء، واستجابة الدعاء، وهذا ما جعله يكاد يقسم

بأن هذه الفتاة إما هي آلهة وتفعل الخير، أو أنها شيطان أو ساحرة ملعونة.

ولكنه لم يجد عليها جانبا سلبيا أو نقطة سلبية واحدة لذا أراد رؤيتها بنفسه، أراد رؤيتها بأم عينيه، لكي يحكم عليها حكما صائبا، ولكي لا يظلمها، ويظلم قوتها الإلهية على العلاج.

أراد الشاب بعض الوقت لحسن التفكير والتأمل، فذهب إلى النهر المقدس، وأخذ حماما وتوجه إلى الرب بالدعاء من أجل النقاء الروحي، والصفاء والهدوء الروحي والسلام الداخلي.

وبعد ذلك ذهب إلى المعبد وقدم قربانا، وقام ببعض الابتهالات والصلاة، ثم وهو في طريقه إلى بيته رأى بعض الناس الذين يجلسون حول رجل مريض، ويقولون لو كان يمتلك عاجا لذهب إلى روح العاج، وطلب منها العلاج.

كان الشاب يشعر بالأسى على أولئك الذين لا يمتلكون المال، لكي يطلبوا المساعدة من روح العاج.

لذا جاءته الفكرة في تلك اللحظة، بأن يتنكر بزي شخص بسيط فقير، لأنه في العادة يرتدي ثياب كاهن، ويعرف من شكله، أنه من خدام المعبد.

لذا قرر التنكر وأن يدعي الحيرة، والمرض بالهم والحزن، لكي يتوجه إلى قصر العاج، بتلك التحفة التي صنعها، لكي يدعي بأنها ناب عاج حقيقي، وذلك فقط لكي يتمكن من الدخول إلى داخل القصر، لكي يطلع على ما فيه، ولكي يكتشف سر روح العاج.

توجه إلى القصر، ولأنه متعود على كل أنواع الأمراض، ويعرف كل الأعراض فادعى الألم والحزن، والمرض والحيرة، ووقف أمام باب قصر العاج، يطلب الإذن بالدخول لمقابلة الأميرة وتقديم

العاج لها، لكي تتكرم عليه بالراحة، والسكينة والهدوء والسلام الداخلي الذي لا يغيب.

فحص الحراس العاج، وعندما رأوا ما كان على العربة مغطى بإزار أخضر اللون، ومزينًا بالزهور البرتقاليّة اللون، والذي وضع له ورق الموز فراشا كان لماعا، أكثر لمعان من العاج ذاته.

ولكنه يجعل الناظر يعتقد بأنه عاج ومن جودته يلمع أو أنه نوع أكثر جودة من العادي.

بعد أخذ الإذن من الحراس اللائي كلهن كن نسوة، دخل إلى القصر الذي له ساحة كبيرة وممر طويل، سار فيه يجر عربته حتى وصل إلى بوابة أخرى، يدخل منها إلى القصر.

هنا فتح الباب أمامه مباشرة، ولم تستجوبه الجواري والخادمات ولا الحراس عند الباب.

دخل مباشرة والجواري يرشدنه إلى الطريق حتى وصل قاعة الاستقبال، عندما دخل هناك جاءته عجوز منحنية الظهر كبيرة السن، تحمل مرآة، وراحت تنظر من خلالها للناب، ولا تنطق ببنت شفه.

اعتقد في البداية بأنها هي روح العاج، ولكنه كان يسمع من الناس بأنها تضع ستارا على وجهها.

كان خائفا من يتم اكتشاف سره هو، قبل أن يكتشف سر روح العاج، وكلما تذكر خوفه ردد بعض الأدعية سرا، واستعاد تمثيليته التي أجادها، فكل من

يراه يعتقد بأنه مسه من الحزن والهم جانب كبير، وأنه في حاجة لعلاج لن يجده إلا عند روح العاج.

بعد قليل خرجت جواري كثيرات بالبخور من باب كان يتوسط القاعة، وليس الباب الذي دخل منه الشاب واتجهن إلى ذلك الباب خروجا دون التفاف، وكن كلهن يرتدين قمصانا قصيرة وسراويل عريضا.

وكانت تظهر بطونهن، ويضعن شالا على رؤوسهن يلتف بخصورهن التفافة رقيقة ويرجع إلى الوراء.

ويغطينا أعينهن بذلك الشال، الذي ينزل قليلا على الرأس دون أن يكون ضيقا، فهو متروك بحرية واسعة فوقه خيط ويتدلى على الرأس والعينين، وهن يستطعن الرؤية من تحته ومن ينظر إليهن، لا يستطيع أن يرى أعينهن.

وبعد أن خرجت آخر جاريتين، وقد كان من الجواري صفين متوازيين.

وتمّ إغلاق الباب من الخارج، خرج من الباب الذي خرجت من الجواري إلى القاعة التي بها الشاب لوحده مع الناب العاج لوحده (فقد كانت تلك العجوز قد خرجت، عندما دخلت أول جاريتين إلى القاعة بالبخور).

فتاة يبدو من شكلها أنها جميلة جدا، ويبدو من هيأتها الوقار، تمشي باعتدال واتزان، وبرويّة خطوة.. خطوة..

تلبس لباسا فاخرا من أجود أنواع الحرير الفاخر، كان لباسها يشبه إلى حد ما لباس الجواري، الذي كنّ قمصانا برتقالية، وسراويل صفراء، وشيلانا بيضاء.

أما هي فكان لباسها كله أخضر من لون ورق الموز والشال الذي يلتف حول جسدها باللون البرتقالي.

ولكن.. لم يكن يظهر بطنها كاملا، بل كان مغطى بعض الشيء.

ولم تكن تضع على رأسها الشال، بل كانت هناك ضفيرة كبيرة عريضة وطويلة تتدلى وراء رأسها مزينة بالفل الأبيض، وهناك ستار شفاف موضوع على رأسها، فلا تظهر حتى العيون.

بدأت روح العاج تطرح الأسئلة على الشاب:

ما هو اسمك؟

وأين تسكن؟

ولما أتيت؟

وما هو مرضك؟

وماذا أحضرت؟

وماذا تريد؟

وكان المريب في الأمر، أن صوتها كان يتغير نبرته ومداه بين سؤال وآخر.

كان الشاب يجيب بحذر، لكي لا يخطئ بشيء يفضحه، ولكنه كان متوترا بعض الشيء، لأنها كانت تسأله وهي تدور حوله.

كما أنها كانت تنظر إلى العربة التي استغربت ألوانها.

فالإزار الذي على العاج لونه من لون ثوبها.

وإكليل الورد لونه من لون شالها.

وبعد طول استجواب، عرفت حالته.

وجاء دور العلاج، فطلبت منه يقف بجانب العاج جنبا لجنب.

وطلبت من إحدى الخادمات أن تكشف على العاج وذهبت هي وأعطت للشاب ظهرها.

وأخبرت الرجل أن يجلس بقرب العاج وأن يركع.

وعندما تكشف على وجهها وتلتفت إليه.

طلبت منه أن يرفع رأسه لكي ينظر في وجهها.

فتخلصه بالنظر إلى وجهها من كل الهم والحزن.

وبنظرة واحدة لوجهها سوف يعطى السكينة والراحة والهدوء.

فعل الشاب رافي كلما طلبت منه روح العاج وهو متشوق ليرى صلاتها أو طريقة علاجها، وما إن التفت إليه، ورأت ما رأت بعد أن كشف الستار على الناب.

وهي لا تضع ستارها حتى صرخت صرخة واحدة فرفع عينيه.

وإذا بها في هيأة لا تصدق، لقد كانت تمتلك سبعة رؤوس وأربعة عشر ذراعا، مثلما رأى تلك المرأة في الحلم تماما.

وكانت تصرخ.. وتقول له.. أنت خائن.

وهذا ليس بعاج، أنت لست مريضا، فأنا لا أرى هالة سوداء تحيط بك.

تبدو بصحة جيدة أنت حقا كاذب.

لقد فتحت باب الخوف الذي كان سوف يخلصك من حزنك.

فأين هو الحزن والألم الذي يغذي هذه الأرواح المعذّبة.

لقد كانت أخواتي سوف تأخذ منك العذاب، لكي تدعني أعيش بأمان لفترة من الزمن.

لا يمكنني السيطرة على أخواتي، وراحت الفتاة تبكي وتصيح، والبنات الأخريات كل واحدة تقول كلاما مختلفا عن الأخرى.

لقد كانت الفتاة الجميلة فيهن، هي صاحبة الجسد أما البقية فكن أخواتها يشاركنها الجسد، ويقمن بمقايضة الناس لتشتري منهم الألم والعذاب، والحزن والحيرة الذي كان يغذي تلك الأرواح.

فيخرجن يلتهمن الحزن ثم يعدن لجسم الفتاة، ولكنهن لا ينفصلن عنها.

أما العاج فقد كان من يغلق البواب،ة لكي تدخل الفتيات في الجسم ويدعن صاحبته بسلام، وبعد دخولهن تأمر الجواري بوضعه في أي جزء من القصر.

في أي غرفة أو طابق فهن يستفدن منه في البناء، بعد أخذ القوة الكامنة فيه.

أما تلك العجوز، فقد كانت والدة الفتيات جميعا، وهي التي حبستهن في جسد الفتاة الصغرى، عقابا لها لأنها أحبت رجلا.

وأرادت أن تتزوج به فسببت الحزن، والألم لأخواتها الأكبر منها، والتي لم يجربن الحب يوما.

وهن لم يحظين بقلب رجل أبدا، وهذا ما جعلهن تنتحرن، ويقتلن أنفسهن، عندما فرت أختهن الصغرى لأجل الزواج بحبيبها.

أما الأم.. التي قررت الانتقام من ابنتها الصغرى التي سببت الألم لبناتها ولها.

فألقت القبض عليها، وقتلت لها حبيبها، الذي لم تكن قد تزوجت به بعد.

لقد كان مربي فيلة، وقدّم لحبيبته نابا من العاج، تركته لأهلها عربونا محبة وسلام، لأنه كان يمثل ثروة.

ومن هنا قررت العجوز أن تجمع دماء بناتها التي قطعت عروقهن على آخر قطرة، وغسلت بها ابنتها الصغرى المربوطة إلى جذع شجرة.

وهي تقوم بسكب الدماء عليها، وهي تراقب حبيبها الذي سلخت له العجوز جلده وهو حي، ووضعت جلده على ناب العاج.

وقالت لها:

هكذا سببت لنا جميعا الألم وهكذا سوف تعود بناتي اليوم، وأنت أضحيتي.

وحلت بالفتاة اللعنة، ومنذ ذلك اليوم العجوز تروي
عطش بناتها بألم الناس وعذابهم، لكي تجعل ابنتها
الصغرى تتألم وتتذكر ما فعلته بعائلتها، فتخزن
بداخلها آلام الناس وعذابهم وحيرتهم، وتغذي بناتها من
عذاب يدخل جسد الفتاة.

فيتغذذين على عذابها، وينتقمن لما فعلته بهن، ثم تغلق
عليهن بالطاقة في العاج، والذي لبس جلد الحبيب
والمليء بالحب، لكي تشعر بناتها بالحب أيضا.

هكذا حكت الفتاة للشاب قصتها بملخص قبل أن يعلو
الصياح في الغرفة، وتدخل عليهم العجوز، ولكن
الشاب لم يخف لا من البنات الملعونات، ولا من
والدتهن.

فقام يقرأ عليهن الصلاة والأدعية، حتى تخلص من
القوة الشريرة في العجوز.

وراح يتقاتل مع الفتيات، اللاتي تحولن إلى أشكال مخيفة لكي يرعبنه، إلا وجه الفتاة الجميل الذي ظل

على حاله ينير وسط الظلمة، وهي تتألم وهو يقاتل بكل بسالة، فكانت تحيط بها أفاعي ووحوش، وذئاب ونيران في كل القاعة.

وهو يرميها بالورد المقدس، حتى قضى على كل الرؤوس رأسا رأسا، فكانت الفتاة منهكة بعد ذلك الدوران، الذي كن يجبرنها عليه والرقص أحيانا.

ثم أمسكها بالستار على الناب اللماع، ووضعه عليها لأنه مقدس.

وقد كان طهره في النهر المقدس فانهارت وسقطت على الأرض أمسكها بين ذراعيه.

وأخبرها بأنه رآها ليلة البارحة وبأنه أعجب بها لذا كانت تتملكه رغبة في فهم قصتها.

واكتشف سرّها الذي سمع عنه منذ سنوات عديدة، وأنه أعجب بوجهها الحقيقي، فقالت له بأنه هو من خلصها من حزنها ومن عذابها.

فقد جاءها هو طلبا للمساعدة، ولكنه هو من قدّمها، سقطت من عينيه دمعتين ثم قال لها.

يبدو أنني تأخرت في المجيء، ويبدو أن رسالة الآلهة، هي أيضا تأخرت.. حتى وصلتني.

اعتذر منها.

ولكنها لم تقبل اعتذاره حتى أغلقت عينيها، وتخلصت من الحياة بأكملها.

بقي ذلك القصر مفتوحا تخليدا لذكرى روح العاج،
ومازالت جدرانه تبث السكينة في قلب زائره إلى هذا
اليوم، ودفنت روح العاج في إحدى الغرف المجهولة.
لأن الشاب لم يرد أن تتم متابعتها من قبل الزائرين،
حتى بعد موتها، لكي تحظى بالسكينة، لكنه ترك
القصر مفتوحا ككل.

كان يا مكان في قديم الزمان، كان هناك في إحدى البوادي العربية عين ماء، يطلق عليها عين الحب.

كان هذا الاسم يطلق على تلك العين، عين الحب، لأنه اعتاد الفرسان أن يلتقوا بحبيباتهن قريبا من تلك العين.

الفرسان ينتظرون الفتيات قرب العين، وتخرج الفتيات لأجل الماء، وملء الجرار، ولكن كل فتاة تذهب لأجل فارس من الفرسان يكون حبيبها.

العين ليست قريبة من الخيام، بل هي بعيدة بعض الشيء.

وفي زمن.. أصبح هناك الكثير من الخوف من قطاع الطريق الذين أصبحوا يترددون على تلك العين بالذات.

وهذا الأمر جعل الفتيات يعرضن عن الذهاب إلى تلك العين لأجل السقاية والماء، ولأجل لقاء الأحبة من الفرسان أيضا.

أما بالنسبة للفرسان، فلم يتوقفوا عن التردد على تلك العين، التي تشرب منها خيولهم.

في يوم مرّ عابر سبيل عبر تلك المنطقة، لقد كان فارسا بحصان أحمر، وأيضا كان شاعرا يجيد القول ويتقنه.

عندما مرّ الشاعر من هناك، رأى شيئا غير مألوف.

لقد رأى قطعة قماش في تلك البقعة حيث يخرج الماء من العين، تأملها قليلا ثم أخذها بيده.

أخذ ذلك الفارس عابر السبيل قطعة القماش بيده، ثم قال فيها بعض أبيات الشعر.

وقال في شعره ذلك ..

وأقسم بأنه لم ير في حياته لهذا القماش من مثيل ..

وأنه لحب صاحبته لقتيل ..

في ذلك الزمان لم يكن الشعراء ينطقون إلا بما يؤمنون، وبالحق وبأصدق مشاعرهم.

فأخذ ذلك الشاعر في قصيدته تلك عهدا على نفسه، وقال بأنه لو رأى صاحبة قطعة القماش تلك سوف يتزوجها.

وأخذا عهدا على نفسه، ووعدا بأنه سوف يتزوجها ومهما كانت هي، سيدة حرة، أو جارية، أو حتى خادمة.

ثم أضاف إلى أوصافها إنسية كانت أو جنية.

وقد كان ذلك الفارس عابر السبيل سيّد قومه، ويمتلك من حسن الرجال والجمال ما يجعل كل الفتيات يقعن في حبه، حرات كن أو جواري.

في تلك اللحظة بالذات، وبينما هو يلقي تلك القصائد، ويتلوها في العراء، ومع آخر حرف وقبل أن يأخذ نفسه من الحرف الأخير، حدث أمر غريب.

في تلك اللحظة بالذات، ظهرت له فتاة من العدم، وكأنها قد خرجت من تلك العين، عين الحب.

التي وجد بها قطعة القماش.

وقالت:

مرحبا أيها الفارس عابر السبيل.

الفارس:

من أنت؟ ومن أين خرجت؟ أو من أين جئت؟

الفتاة:

لا عليك من هذا.

أنا صاحبة قطعة القماش تلك.

الفارس:

أنت حقا.

الفتاة:

أجل أنا هي صاحبة قطعة القماش، وقد باغتتني فتركت جزء منها ظاهرا، بينما كنت أحاول الاختباء.

كان الفارس ينظر إلى تلك الفتاة، والتي كانت تضع قطعة قماش شفافة على وجهها ورأسها، إلا أن صوتها جميل وناعم.

ويظهر قوامها الممشوق، وهي تلبس فستانا حريريا جميلا، فكان يظهر جمالها رغم محاولاتها لإخفائه، والشعر الطويل الناعم الأسود، يظهر من تحت قطعة القماش الشفافة على رأسها، وينحني على ظهرها.

ولكي لا تنتبه بأنه يتفحص جمالها، قال لها الفارس:

كنت تحاولين الاختباء؟

الفتاة:

أنت أقسمت أن تتزوج صاحبة قطعة القماش، ولو كانت حتى جنية.

فها أنا ذي.

تفاجأ الفارس، وذهل ثم قال:

نعم.. لقد أقسمت لأنني أحببت صاحبتها، وقلت بأنني سوف أتزوجها.

الفتاة:

وسوف تفعل؟

الفارس:

أجل

أنا سوف أتزوج بك، فابعدي ذلك الذي يحول بيني وبين وجهك.

دعيني أرى وجهك.

الفتاة:

أخاف أن تعرض عن الزواج، إن أنت رأيت وجهي.

الفارس:

لا.. لن أفعل.

الفتاة:

وقد لا يعجبك شيء تراه.

الفارس:

الحب أعمى.

وأنا أحبك

لقد أحببتك قبل أن تظهري لي.

الفتاة:

لا أريد.

الفارس:

يجب أن تفعلي.

لقد أحببتك دون أن أراك

وعندما رآها مترددة، قال لها:

فلأفقد بصري إن لم تعجبيني، وقد أعجبني كل ما فيك

الفتاة: (وهي ترفع الحجاب عن وجهها)

ها أنا يا حبيب القلب، وزوج المستقبل.

الفارس: (وبعد أن رآها وأعرض عنها)

لا لن أتزوجك، فأنت لديك عين واحدة.

الفتاة:

فلتفقد بصرك إلى الأبد.

فأنا حارسة العين وهذه عيني الثانية التي تشربون منها
وتسقون إبلكم وأحصنتكم.

عجبا لكم.. تشربون وتنكرون الخير.

فكيف لا يعجبكم وجهي؟

فقد عاقبته لخيانته، فهام على وجهه أعمى ولا يرى، وأعرضت عنه كل الفتيات، وعادت حارسة العين إلى الاختباء وهي تردد.

تشربون من عيني، ولا يعجبكم وجهي.

أقسمت على حبي، وخنت عهدي.

الحب الأعمى، وأنت أنكرته، فليصبح الحب يرى، ولتفقد بصرك أنت أيها الخائن الأحمق.

لا تقل وعودا إن كنت لا تعرف قدرها، ولا تعد بآمال لا تستطيع تحمله.

أعطيتني أملا في الحب والزواج فافقد الأمل والحب والزواج.

أنكرت وجهي.. لأن فيه عين واحدة فأصبحت منكورا، مذموما بوجه به عينين بلا نور.

Sommaire